Charly und Muhske

Hans Toll

Charly und Muhske

Erzählung

Deutsche Erstausgabe
ASARO VERLAG

ISBN 978-3-941930-14-8

Bibliografische Information der Deutschen Nationalbibliothek
Die Deutsche Nationalbibliothek verzeichnet diese Publikation in der Deutschen Nationalbibliografie; detaillierte bibliografische Daten sind im Internet über http://dnb.d-nb.de abrufbar.

ASARO Verlag Sprakensehl
Inh. Tanja Schröder
Printed 2010 in Germany

Covergestaltung: T.Schröder

Internetseite: www.hans-toll.de.vu

www.asaro-verlag.de
mail@asaro-verlag.de

Allen Kindern, die ein liebes Tier zum
Freund haben, sei dieses Büchlein gewidmet.
Viel Freude beim Lesen, auch den Müttern
und Vätern beim Vorlesen.

Eure **Muhske**

Vorwort

Dieses Büchlein soll Kindern, die bereits lesen können und Kontakt mit Tieren wünschen, helfen, ihre kleinen Freunde lieben zu lernen. Muhske erzählt die lustigen und auch traurigen Abenteuer bei seinen Menscheneltern.

Hallo, liebe Kinder!

Mein Name ist Muhske. Diesen Namen haben mir meine Menscheneltern gegeben. In ihrer Heimat sagt man »Muhske« für Mäuschen. Das ist ein Kosewort.

Mutter wurde als Kind auch so genannt. Eigentlich finde ich den Namen niedlich. Ihr auch? Und hier könnt ihr sehen, wie ich aussehe.

Ich möchte euch aus meinem Leben erzählen. Es ist eine wahre Geschichte.

Es war ein schönes abenteuerliches Leben mit den Menschen zusammen.

Obwohl ich als Wellensittichvogel ja im weit entfernten Australien mit vielen anderen Sittichen leben müsste. Aber ich bin bei den Menschen geboren und kann mich erinnern, dass ich die erste Zeit meines Lebens in einem Zoogeschäft mit anderen Sittichkindern zusammen in einem großen Gitterhaus verbrachte.

Beinahe jeden Tag kamen Leute ins Geschäft und holten einen von uns ab. Manchmal waren auch Kinder dabei, die sich einen von uns aussuchten. Wir wurden immer weniger.

Und eines Tages kamen meine Menscheneltern. Sie schauten mich an und hatten mich wohl gleich in ihr Herz geschlossen.

Nun begann das erste Abenteuer.

Ich wurde in einen kleinen dunklen Karton gesperrt, für den Weg in mein neues Zuhause. Sie hätten ja auch das kleine Häuschen für mich mit ins Geschäft bringen können. Dann hätte ich nicht so eine Angst im Dunkeln haben müssen. Mein kleines Herz pochte ganz schnell.

Endlich waren wir zu Hause. Ich bekam ein rundes schönes weißes Gitterhäuschen ganz für mich allein. Eine ganze Woche durfte ich nicht raus, damit ich mich an mein Zuhause gewöhnen sollte.

Ich hätte ja gerne einen Gefährten als Spielkameraden gehabt, wie im Zoogeschäft. Aber meine Eltern waren ganz lieb zu mir.

Einen Stehaufmännchenvogel aus Plastik bekam ich zum Spielen, auch einen Spiegel; ein Futternapf mit Körnern und einer mit Wasser hingen am Gitter, für meinen Hunger und meinen Durst. Papa erneuerte es jeden Tag.

Einen weißen Stein aus Kalk hatte ich auch. Der ist gut für die Knochen und Federn.

Der Fußboden war eine Schublade, ganz mit Sand bedeckt. Ja, Kinder, Ihr müsst wissen, wir Vögel müssen auch einmal kackern. Dafür ist dieser Sand gedacht. Auch der wurde jeden Tag ausgewechselt, damit ich nicht krank werde, sagte Mutter. Die kleinen frischen Steinchen im Sand habe ich gerne mal aufgepickt. Das brauchen wir Vögel zur Verdauung.

Dann kam der Tag, an dem ich endlich raus durfte. War das schön, fliegen zu können. Das erste Mal durfte ich meine Flügel gebrauchen. Die ganze Wohnung habe ich ausgekundschaftet.

Gardinenbretter, Schränke und Lampen waren meine liebsten Landeplätze. Ins Häuschen wollte ich gar nicht mehr rein. Brauchte ich auch nicht.

Papa sagte: »Wenn Muhske Hunger bekommt, findet sie ihr Näpfchen schon.«

So war es auch.

Die Stunden liefen nur so dahin, um alles kennenzulernen. Was gab es nur alles zu sehen. Mit den Fensterscheiben konnte ich mich nicht anfreunden. Aber ich bekam schnell heraus, wo die Grenzen waren.

Ja, dann kam er, der Hunger. Und schwups, landete ich auf dem Dach meines Häuschens und krabbelte an meinen Futternapf. Danach bin ich vor Müdigkeit an meinem Spiegel eingeschlafen.

Meine kleine Haustür stand immer noch offen. Ich konnte rein und raus, wann ich auch wollte. Nur abends wurde das Türchen zugemacht. Um 20.00 Uhr wurde ich ins kleine Zimmer gestellt, damit ich meine Ruhe hatte für die Nacht.

Ich fühlte mich so richtig wohl zu Hause. Meine Eltern versuchten geduldig, mir einige Worte beizubringen.

Aber Sittichweibchen sind nun mal nicht sprachbegabt. Das können die Männchen komischerweise viel besser lernen.

Ich jedenfalls konnte nur Kauderwelsch piepsen.

»Macht nichts«, sagte Mama, »wir haben dich auch so lieb.«

Als ich mal wieder am Rumtollen war und meine Flugkünste übertrieb, passierte etwas ganz Schlimmes. Beim Landen auf dem Dach meines Häuschens war ich mit einem Fuß im Gitter hängen geblieben. Knacks und mein Beinchen war gebrochen.

Mutter fand mich auf dem Fußboden mit ausgebreiteten Flügeln liegend. Nun war guter Rat teuer. Es tat so doll weh!

Mutter wickelte mich in ein Handtuch. Nur mein Köpfchen guckte raus. Sie fuhr schnell mit mir zum Tierdoktor. Ich hatte wieder große Angst, wie damals im dunklen Karton. Mein Herz schlug ganz schnell, als der Doktor mich in die Hand nahm und untersuchte. Da mein Beinchen zu hoch am Körper gebrochen war, konnte es nicht geschient werden, meinte der Arzt. In der Natur überlebt es kein Vogel.

Das Beinchen muss total ruhiggestellt werden, und zwar in seiner natürlichen Lage. Das geht aber nur, wenn ich tagelang, ja wochenlang ruhig auf der Stange sitzen bleibe.

Mein Leben in der Freiheit hatte bei meinen Eltern so schön begonnen; sollte es nun schon wieder zu Ende sein? Nein, ich wollte weiterleben!

Mein Papa hat mir wunderbar beim Kampf, wieder gesund zu werden, geholfen. Er setzte mich auf meinen Lieblingsplatz neben den Spiegel und stellte das kranke Bein neben das gesunde auf die Stange.

Tag und Nacht haben meine Eltern aufgepasst, dass das Beinchen auch ruhig steht.

Am Tage, alle Stunde, hat Mutter mich mit allerhand Leckereien wie Hirse, Salatblätter oder Apfelstückchen verwöhnt und somit das triste und langweilige Leben versüßt.

Wenn ich ruhig saß, tat es auch nicht mehr weh. Sie musste mein Futter immer vor meinen Schnabel halten, damit mein Bein nicht verrutschte.

Mit viel Musik aus dem Radio und tröstenden Worten von Mutter vergingen die Tage. Auch viel geschlafen habe ich. Gefreut habe ich mich immer, wenn Papa nachmittags von der Arbeit kam. Er setzte sich sofort zu mir und hat mich aufgemuntert.

Ihr glaubt es sicher nicht, liebe Kinder, aber es ist wahr wie alles, was ich Euch hier erzähle. Genau nach 17 Tagen konnte ich mein Beinchen wieder bewegen.

Ich hatte es geschafft. Besser gesagt, wir drei haben es vollbracht.

Ich kletterte auf Papas Finger. Er ging mit mir zu Mutter. Auf ihrem Finger ging's durch die ganze Wohnung. Ich flog das erste Mal wieder. Es klappte mit der Landung auf Mamas Schulter. Ich konnte meine Freude nicht beschreiben. Ich piepste, was das Zeug hielt.

Das Gehen auf dem Schrank war noch etwas humpelig. Von Tag zu Tag wurde es aber besser.

Beim Landen nach dem Fliegen habe ich besonders aufgepasst.

Vater hat mir zwei neue Landeplätze auf gebaut. Ein Brotkorb, der auf einer Vase stand, das war mein Fensterplatz zum Ausgucken. In dem Körbchen war auch mein kleiner Plastikvogel.

Das war ein Stehaufmännchen. Wenn ich wütend war, weil er nicht antwortete, hackte ich schon mal zu. Er tanzte dann hin und her. Er konnte nicht sprechen. Das hatte ich inzwischen begriffen. An einem anderen Fenster stand ein Kerzenleuchter als weiterer Landeplatz.

Gelegentlich konnte man sehen, wie ich mit meinem Plastikvogel schmuste. Das habe ich immer getan, wenn ich allein im Haus war.

Allein sein mochte ich überhaupt nicht, und wenn, dann habe ich mich auf den Kerzenleuchter gesetzt und aus dem Fenster geschaut.

Manchmal sind Leute stehen geblieben und haben gelacht.

Auch Spatzen oder andere Vögel sind mal auf den Fenstersims geflogen. Zuerst hatte ich Angst und bin abgehauen. Sie wären auch gar nicht reingekommen glaube ich, auch wenn keine Glasscheibe dazwischen wäre. Sie waren aber sehr neugierig.

Wenn ich Langeweile hatte, habe ich gerne Tapeten oder Türkanten angeknabbert. Dann hat Mutter besonders mit mir geschimpft. Das machen komischerweise nur die weiblichen Sittiche.

Ich kann Euch auch sagen, woran man Weibchensittiche erkennt: Sie haben über dem Schnabel eine rosa-bräunliche Haut. Und die Füßchen sind ganz rosa. Bei den Männchen sind die Haut und Beine bläulich.

Meine Neugier war so groß, dass ich überhaupt keine Gefahr erkannte. Ich kroch überall hinein. Ob es große Vasen waren oder offene Schubladen. Nichts war sicher vor mir und meiner Neugier. Es wurde wieder ein lebensgefährliches Abenteuer daraus.

Mutter fuhr für ein paar Tage zu Besuch. Ich durfte mit und machte zum ersten Mal eine Autofahrt. Das war aufregend. Es ging so schnell, als würde ich selbst fliegen.

Dort in der Wohnung hatte ich wieder einen Fensterplatz. Mein Haus stand auf einer breiten Fensterbank. Natürlich habe ich erst einmal die Wohnung inspiziert.

Was es da alles gab, was ich noch nicht kannte. In einer Ecke stand eine Glasvase ohne Blumen, aber es war noch Wasser drin.

Das Unglück nahm seinen Lauf. Neugierig, wie ich war, setzte ich mich auf den Rand der Vase und sah im Wasser mein Spiegelbild.

»Nanu«, dachte ich, »da ist ja ein Spielkollege

drin.«

Ich ließ mich fallen und plumps!, lag ich auch schon im Wasser.

Ihr könnt Euch ja vorstellen, wie es mir erging. Wellensittiche können nun mal nicht schwimmen. Ich flatterte um mein Leben und piepste so laut ich konnte. Es dauerte für mich jedenfalls eine Ewigkeit, bis Mutter mich entdeckte.

Ach Gott, was hatte ich schon wieder angestellt. Sie schlug beide Hände über dem Kopf zusammen. Schnell schüttete sie mich mit dem Wasser zusammen aus. So richtig klar denken konnte ich erst wieder, als ich die warme Luft des Föns auf meinem Körper spürte.

Ich hockte in Mutters Hand und genoss es, getrocknet zu werden. Das ging gerade noch mal gut. Seitdem weiß ich, dass Wasser nur noch gut zum Trinken ist - jedenfalls für mich.

Nach diesem Abenteuer habe ich lange geschlafen und mich den ganzen Tag nicht aus meinem Häuschen getraut.

Trotz alledem, meine Neugier ist geblieben und keine Schublade war vor mir sicher. Manchmal hat Papa vorsichtig die Schublade zugemacht. Ich bekam dann zwar Angst, aber er zog sie schnell wieder auf. Wir hatten beide unseren Spaß.

Den allergrößten Spaß hatte ich, wenn wir drei im Auto fuhren. Vater stellte mein Haus auf den Rücksitz und machte die Tür meines Häuschens auf, so konnte ich im Auto rumkrabbeln. Mein Lieblingsplatz während der Fahrt waren die Kopfstützen.

Manchmal setzte ich mich auch auf das Lenkrad. Dann hat Papa mich gescheucht.

Wenn wir an einer Ampel halten mussten, haben die Leute vom Nebenauto sehr erstaunt geschaut. Einige haben gelacht und genickt. Vor dem Aussteigen bin ich in mein Haus geschlüpft und die Tür wurde verschlossen. Ja, so mochte ich gerne Auto fahren.

Wenn meine Eltern in Urlaub fuhren, kam ich zu einer Familie, die auch zwei Wellensittiche hatte. Das war eine lustige Zeit.

Wir haben zwar oft gestritten, vor allem wenn ich in ihr Häuschen wollte. Dann haben sie mich gehackt. Aber zu mir sind sie immer reingekrochen und haben mein Futter gegessen.

Diese Gelegenheit habe ich ausgenutzt, um in ihr Haus zu kommen. Es ist schon schön, mit mehreren Artgenossen zusammen zu sein.

Wenn ich sprechen könnte wie die Menschen, hätte ich mir von meinen Eltern einen Partner gewünscht. Aber ich kann mich auch so nicht beklagen. Sie haben sich sehr viel mit mir beschäftigt. Am schönsten war es an den Wochenenden, wenn wir drei zusammen beim Frühstück saßen.

Mein Platz war auf der Kaffeekanne. Und wenn Brötchenkrumen auf der Tischdecke lagen, habe ich mitgegessen.

Das dürfen Vögel nicht, hat Mutter immer gesagt. Aber ein paar kleine Krumen schaden nichts, sagt Papa. Und es schmeckt auch so gut. Ich nasche auch gern vom Tellerrand und vom gekochten Ei. Es gibt so viele Dinge, die gut schmecken und für Vögel nicht gut sind.

Am meisten Freude konnte Vater mir mit meinem eigenen Tellerchen machen. Es war ein bunter Blechteller. Den bekam ich meistens zur Abendbrotzeit.

Papa klopfte in der Küche an den Blechteller, dann wusste ich, das galt mir. Ich sauste los durchs Wohnzimmer über den Flur in die Küche auf die Schulter und wartete, bis Papa den Teller gedeckt hatte. Da war allerhand Leckeres drauf.

Hirse, klein gehackte Wurzeln, Apfelklein und meine beiden Näpfchen. Plastevogel war auch dabei. Wenn er mir im Wege war, bekam er einen Seitenhieb. Dass er nicht mitessen konnte, war mir nur recht. Nach dieser Mahlzeit habe ich ein schönes langes Nickerchen gemacht.

Mein Bein übrigens konnte ich inzwischen fast wieder so bewegen wie früher.

Ich hatte herausgefunden, was meinem Bein gut tat. Wenn abends die Zimmerlampen angeschaltet waren, habe ich mir eine ausgesucht und mich dort wärmen lassen. Das waren meine Lieblingsplätze zur Winterzeit.

Auf dem Dach der roten Stehlampe habe ich oft die Beinchen angezogen, um auf dem Bauch liegen zu können. Manchmal schlief ich in dieser wohligen Stellung ein.

Wenn ich mal wieder auf Erkundungsflug war, landete ich häufig in der Küche.

Da war was los.

Es gab viel zu sehen, wenn Mutter am Hantieren war. Und es gab auch was zum Naschen.

Aber Mutter hat mich meistens weggeschickt. Es ist zu gefährlich wegen der heißen Töpfe und Dämpfe. Einmal war ich auf eine Herdplatte getrippelt, die noch nicht abgekühlt war. So schnell bin ich noch nie weggeflogen. »Siehst du«, hat Mutter mir nachgerufen.

Nun beginnt eine Zeit, die ich als die schönste Zeit meines Lebens bezeichnen möchte.

Freunde meiner Eltern hatten auch einen Wellensittich. Ein Männchen. Er heißt Charly und sieht mir sogar ein bisschen ähnlich. Dieser liebe Charly kam eines Tages für immer zu mir. Sein Papa war gestorben. Sein Frauchen musste den ganzen Tag arbeiten und konnte sich nicht mehr richtig um Charly kümmern. Er wäre vor Einsamkeit krank geworden.

Somit habe ich bekommen, was ich mir schon immer gewünscht habe: einen Spielkameraden.

Er ist ein ganz Lieber. Ich mochte ihn vom ersten Augenblick an. Er hat sich auch gleich bei uns wohlgefühlt, glaube ich.

Und ein schickes Häuschen hatte er. Ich fand es viel schicker als meins. Jeder von uns beiden durfte sein eigenes Haus behalten. Ich konnte so oft ich wollte bei Charly ein- und ausgehen.

Er hat mich nie rausgejagt. Wir haben uns gut verstanden und waren unzertrennlich. Wo er hinflog, flog auch ich hin - und umgekehrt.

Ich muss aber sagen, dass ich sehr eifersüchtig auf ihn war. Warum? Er konnte fast so sprechen wie ein Mensch. Meine Eltern hatten mich zwar weiterhin lieb, aber da Charly so gut sprechen konnte, war er viel öfter auf Mutters und Vaters Finger.

Er wurde immer gekrault. Und wenn Besuch kam, war er der Mittelpunkt.

Eben weil er so gut erzählen konnte. Deswegen habe ich, muss ich zu meiner Schande gestehen, ihm in der ersten Zeit oft einen Seitenhieb mit dem Schnabel gegeben.

Nicht einmal gewehrt hat er sich. Ich schäme

mich auch im Nachhinein deswegen. Er ist dann immer weggeflogen. Wir haben uns aber schnell wieder vertragen. Später hat sich alles normalisiert. So doll war er dann auch nicht mehr der Mittelpunkt.

Er war auch ein kleiner Angsthase. Er mochte nicht gerne irgendwo reinkrabbeln. Ich bin zum Beispiel gerne in Papas Sportjacke reingekrochen. Manchmal habe ich ihn in den Bauch gekniffen, wenn er die Jacke zu stramm gemacht hat. Ja, so was konnte Charly nicht. Tapeten anknabbern mochte er auch nicht. Darüber hat sich Mutter sehr gefreut.

Gegessen haben wir immer gemeinsam. Entweder in seinem oder in meinem Häuschen.

Nur wenn ich mein Tellerchen bekam, gab's manchmal Probleme. Zuerst wollte ich nicht teilen. Aber nachher durfte er mitfuttern.

Geschlafen haben wir zur Nachtzeit jeder in seinem Haus.

Morgens war unser Treffpunkt die Stubenlampe. Dann war das Morgenkonzert dran. Charly hat alles gesprochen, was er gelernt hatte. Ich hab einfach ganz laut gezwitschert.

Mutter hat sich oft die Ohren zugehalten.

Danach war ein gemeinsamer Rundflug durch die Wohnung fällig. Gelandet sind wir meistens in der Küche bei Mutter.

Der Charly hat mir dann etwas gezeigt, was er bei seinen Eltern immer durfte. Unter dem tropfenden Wasserhahn der Spüle hat er immer geduscht und die Tropfen mit dem Schnabel aufgefangen. Ich habe mich zuerst gar nicht getraut. Aber was der Charly kann, muss ich doch auch schaffen.

Und siehe da, ich rutschte ab und lag unten. Mutter hat dann ein Tuch auf die Spüle gelegt. Dann klappte es. Es hat viel Spaß gebracht.

Ich muss zugeben, der Charly war schon ein Schlauer. Den Papa konnte er um den Finger wickeln. Der brauchte nur in Richtung Küche gehen, dann flog er schon auf seine Schulter. Und ging's an den Kühlschrank gar, schallte es aus seinem Schnabel: »Ah Papa, lecker, lecker.« So lange, bis seine Bettelei belohnt wurde. Ob ihr es glaubt oder nicht, der Charly hat es fertiggebracht, dass, wenn Vater mit ihm schimpfte, weil er etwas nicht durfte, er ihn wütend angekrächzt, auf seine Schulter gekackert hat und fortgeflogen ist.

Was hat Mutter gelacht darüber.

Auch mochte er es nicht haben, wenn Papa mal im Sessel einschlief. Sofort flog er auf seinen Kopf und hat ihm die Haare zerzaust. Er gab nicht eher Ruhe, bis Vater wach war. Oder, wenn Vater gelesen hat, setzte er sich auf seine Brille und klopfte gegen die Gläser. »Störenfried!«, sagte Papa.

Ich dagegen habe viel lieber mit Mutters Halskette gespielt, wenn sie am Tisch saß. Das durfte ich.

Nur wenn ich anfing, die Zeitung anzuknabbern, während sie las, dann gab's Schelte.

Manchmal, wenn sie sich einen Augenblick hinlegte, habe ich mich neben ihren Kopf gesetzt und schlief gemeinsam mit ihr. Es kam schon mal vor, dass sie ein bisschen schnarchte. Das fand ich grausig. Ich bin dann lieber in mein Häuschen geflogen.

Die schönsten Zeiten für uns waren die Sommermonate. An den Wochenenden und manchmal auch in der Urlaubszeit. Dann fuhren wir ins Ferienhaus im Grünen. Es lag direkt am Wald.

Bei schönem Wetter durften wir schon morgens auf der Terrasse stehen. Natürlich jeder in seinem Häuschen.

Wir waren zwar eingesperrt, aber es gab ja so viel zu sehen.

Andere Vögel aus dem Wald kamen ganz dicht an unser Gitter. So etwas wie uns hatten sie noch nicht gesehen.

Wie gerne würde ich einmal zu ihnen in den Wald fliegen. Bäume anknabbern und von Baum zu Baum fliegen. Aber Kinder, ihr müsst wissen, wir Wellensittiche würden unser Häuschen nicht wiederfinden.

In der freien Natur, wo wir herstammen, kennen wir keinen festen Platz. Wir sind zu Hunderten zusammen und fliegen heute dorthin und sind morgen schon wieder woanders. Kilometerweit auf der Suche nach Futter. Deswegen, wenn mal einer von uns von seinen Menschenfreunden wegfliegt, findet er nicht wieder zurück.

Der Charly könnte das Glück haben, sein Zuhause wiederzubekommen, denn sein Papa hat ihm beigebracht, seinen Namen und seine Adresse zu sagen. So könnte er, wenn Menschen ihn finden, sagen, wie er heißt und wo er wohnt.

Wie ich eines Tages doch entwischte und in den Wald flog und von Papa heimgeholt wurde, berichte ich Euch später.

Die Wochenenden im Ferienhaus waren immer etwas Besonderes. Im Haus war viel mehr zu erkunden. Alles war aus Holz. Es gab einen langen dicken Balken unter dem Dach und viele Nischen.

Wenn Vater im Haus gebastelt hat, haben wir immer zugesehen. Ganz kleine Sachen wie Schrauben haben wir auch mal geklaut, oder einfach vom Tisch geschubst.

Manchmal bekamen wir im Haus Besuch von Leuten, die einen Hund hatten. Dann mussten wir in unseren Häuschen drinnen bleiben. Ganz dicht kam der Hund mit seiner Schnauze an unsere Gitter. Ich glaube, der hätte uns am liebsten geschnappt.

Also, Kinder, ihr müsst immer schön aufpassen, wenn ihr einen gefiederten Freund habt. Wir Vögel haben große Angst vor Hunden und Katzen.

Wenn die Luft wieder für uns rein war, wurde erst mal wieder auf Mutters Schulter geschmust und Küsschen gegeben. Am liebsten mochten wir, wenn unsere Köpfchen gekrault wurden. Das tat gut. Man konnte fast schlafen dabei.

Im Ferienhaus stand eine Tasse auf der Fensterbank mit lauter Pfennigen drin. Die habe ich einzeln rausgeholt und fallen lassen. Als Papa die Tasse mal auf den Tisch stellte und eine leere daneben, habe ich die Pfennige von der einen in die andere Tasse getan. Das war lustig, alle haben gelacht darüber. Charly hat es nicht versucht.

Die Grünpflanzen im Haus haben Charly und ich auch mal probiert. Das ist aber gefährlich für uns.

Wir bekamen Durchfall davon. Zwei Tage haben wir in unseren Häuschen gesessen.

Wir bekamen, um wieder gesund zu werden, Kamillentee in den Wassernapf und einen Busch Petersilie ans Gitter gehängt. Das ist Medizin für uns Vögel. Einmal die Woche hat Mutter sowieso Petersilie reingehängt, damit wir fit bleiben.

Die Grünpflanzen hat Mutter vorsichtshalber auf die Terrasse gestellt, damit wir nicht mehr an sie rankonnten.

Die Kur tat gut. Am dritten Tag waren wir wieder munter.

Ein Leckerbissen für uns beide war das Apfelscheibchen, das wir jeden Tag bekamen. Es wurde einfach ans Gitter geklemmt.

Die Schale mochte ich auch gern.

Nur die muss sauber abgewaschen sein, liebe Kinder, sonst können noch Gifte vom Spritzen dran sein.

Wenn wir mal Federn verlieren, braucht ihr keine Angst zu haben, dann mausern wir. Mutter mischt dann Vitamine unters Futter. Dann wachsen sie wieder schön. Einmal hatte ich meine ganzen Schwanzfedern verloren. Ich konnte gar nicht richtig fliegen. In dieser Zeit hat Charly sich oft zu mir gesetzt.

So traurig war ich eigentlich nicht, dass ich so viel im Haus sitzen musste - konnte ich doch erleben, wie fünf kleine Blaumeisenkinder ihren ersten Flug ins Leben versuchten. Vor meinem Fensterplatz befand sich am Haus ein Meisenkasten. Im Mai fing ein Meisenpaar an, mit Gras und Moos im Schnabel, den Kasten auszupolstern.

In der Brutzeit verließ das Weibchen oft das Nest, so drei- viermal am Tag. Sie setzte sich in Sichtweite auf einen Tannenzweig und flatterte auf der Stelle.

Sie ließ sich dann vom Männchen mit Insekten und kleinen Raupen füttern. Danach setzte sie sich wieder hin, um die Eier zu wärmen. Das ging so drei Wochen lang.

Nun flogen beide Meiseneltern mit Futter beladen von morgens bis abends unermüdlich hin und her, um die Kleinen zu füttern. Das Männchen saß meistens eine Weile, bevor es in den Kasten flog, in der Nähe und beobachtete die

Umgebung, ob Raubvögel oder Katzen in der Gegend waren. Die Meisenmutter blieb oft länger im Nest. Dann flog das Männchen mit einem Wurm im Schnabel bis ans Kastenloch, wo er das Futter übergab.

Waren die Kleinen eine Weile allein, so hörte man sie kräftig piepsen.

Der Kasten blieb den Räubern nicht verborgen. Ich sah, wie der Buntspecht versuchte, durch das Kastenloch an ein Junges heranzukommen.

Diese schönen Buntspechte holen gerne junge Brutvögel aus ihren Nestern.

Auch ein Eichelhäher versuchte in den Kasten zu gelangen. Auch er sucht sich kleine Brutkinder. Aber die Kleinen sind im Kasten sicher. Von den Eltern gewarnt, wagen sie nicht, ans Loch zu flattern.

Aber der Tag, an dem die Jungen den Flug ins Freie wagen, ist der gefährlichste. Dieser Tag war im Juni, eines Morgens um 5.00 Uhr etwa. Die Eltern in unmittelbarer Nähe auf einer Tanne sitzend, lockten die Kleinen ans Loch des Kastens. Immer war es ein ganz bestimmter Laut. Das erste kleine blaue Köpfchen, so groß wie eine Erbse, kam zum Vorschein. Als es die Eltern erblickte, flatterte es zu ihnen. Der Meisenvater lockte es ins Innere der Tanne. Schon kam das zweite zum Vorschein und verschwand ebenfalls in der Tanne.

Das Manöver klappte bei vier kleinen Jungen wie geschmiert. Nur das fünfte und letzte hatte wohl Angst vor dem ersten Flug. Es saß minutenlang im Loch des Kastens und piepste kläglich vor sich hin.

Die Meisenmutter war ganz aufgeregt und flatterte immer hin und her, wohl um ihr Junges zum Fliegen zu bewegen.

Endlich wagte es den Start ins Leben. Schnell waren alle Kleinen mit ihren Eltern im Schutz des Waldes, der ganz in der Nähe war, verschwunden.

Dort werden sie noch so lange von den Eltern gefüttert und bewacht, bis sie sich selbst versorgen können.

Das Elternpaar hatte übrigens den Kasten im letzten Jahr schon einmal als Brutplatz benutzt.

Vielleicht sehen wir uns im nächsten Sommer wieder.

Tschüss, ihr lieben Meisen!

Und nach der schönen Sommerzeit im Ferienhaus mit den langen Tagen kam so nach und nach die Winterzeit in der Stadtwohnung. Die Tage wurden immer kürzer. Die Schlafenszeit wurde länger für uns.

Manchmal, wenn Schnee draußen lag, hat Mutter auf dem Balkon Futter gestreut für die Vögel draußen. Da haben wir gerne zugeschaut.

Oft haben sie sich beim Futtern gestritten. Da hatten wir es doch besser in der warmen Wohnung.

Aber vielleicht sind sie doch glücklich, in Freiheit leben zu dürfen. Im Gegensatz zu uns, die wir vom Menschen abhängig sind.

Wer weiß das schon?

Der Winter war schon fast zu Ende, da begann für unseren kleinen Charly ein schlimmes Leiden. Er bekam Lähmungen in den Füßen. Er ist dann immer zu Mutter auf den Arm geflogen und hat sich dort ausgeruht.

Er musste sich so quälen beim Gehen. Niemand konnte ihm helfen. Vater und Mutter haben ihn oft in die Hand genommen und mit ihm geschmust. Er ist dann auch eines Abends in Mutters Hand gestorben.

Wir waren alle unendlich traurig. Vier schöne Jahre war er mit uns zusammen.

Nun war ich wieder allein. Charly, ich werde dich nie vergessen. Immer habe ich ihn vermisst. Er war mein bester Freund. Ich saß nun oft traurig vor meinem Spiegel oder habe Trost auf Mutters Schulter gesucht.

Vater hat oft versucht, ich sollte doch wieder mit dem Plastikvogel spielen, aber ich wollte nicht.

Er konnte meinen Charly nicht ersetzen.

Meine Eltern haben mir ganz lieb geholfen, über die traurige Zeit hinwegzukommen. Bin oft im Auto gefahren.

Einmal sogar drei Stunden lang. Ich war die ganze Zeit im Wagen am Krabbeln oder habe auf den Kopfstützen gesessen.

In der Pause auf dem Rastplatz habe ich Apfel genascht.

Zwei kleine Kinder haben an die Autoscheibe geklopft. Sie lachten freundlich und haben mir zugewinkt.

Ich glaube, Kinder mögen uns Sittiche gerne um sich haben. Nur ihr müsst immer schön auf uns aufpassen. Ganz kleine Sittichkinder brauchen noch viel Ruhe und müssen oft schlafen. Wenn ihr lieb zu ihnen seid, habt ihr die besten Freunde. Am wohlsten fühlen wir uns bei Menschen, wenn wir zu zweit sind. Ihr habt ja gesehen, wie schön meine Zeit mit Charly war.

Wenn die Menschen viel außer Haus sind, ist es besonders einsam, wenn man allein ist. Es gibt Vögel, die vor Einsamkeit und Heimweh sterben.

Also Kinder, wenn ihr einen einzelnen kleinen Freund habt, müsst Ihr möglichst oft an seiner Seite sein. Wenn er sprechen könnte, würde er sich dafür bedanken.

Es war nun wieder so weit. Die langen Tage kamen wieder. Es ging wieder raus ins Grüne, ins Ferienhaus.

Es wurde der Sommer meines größten Abenteuers.

Es war ein sehr warmer Tag. Ich stand mit meinem Häuschen wieder auf dem Terrassenplatz. Eine Amsel in der Nähe sang ein Lied. Ich zwitscherte dazwischen.

Vor lauter Aufregung kletterte ich innen am Gitter entlang. Hin und her.

Ich bemerkte plötzlich, dass das Türchen nur angelehnt war und sich durch mein Krabbeln öffnete. Ich war richtig erschrocken. Konnte es gar nicht begreifen.

Zuerst hüpfte ich auf den Türrand und schaute hinaus in die Natur. Kein Gitter mehr vor meinen Augen. Auch meine Eltern waren nicht in der Nähe.

Nun bekam ich Mut. Es gab kein Zurück mehr.

Ich sauste los Richtung Wald. War das ein Gefühl ... so lange und so hoch war ich noch nie geflogen.

Mitten in einer Eiche machte ich Halt. Mein kleines Herz schlug schnell, ich war außer Atem. Dann weiter auf eine Tanne. Dann wieder eine Eiche. Es war so wunderschön, dass ich mein Zuhause gar nicht mehr sehen konnte.

Ich muss schon ordentlich weit weg gewesen sein. Meine Eltern mussten mittlerweile mitbekommen haben, dass ich verschwunden war. Ich hörte ihre Stimmen in der Ferne: »Muhske - Muhske! - Muhske wo bist du?«

Auch ich fing an zu pfeifen, aber sie hörten mich nicht.

Vom Fliegen hatte ich im Moment genug.

Der Ast, auf dem ich saß, hatte eine so schöne Rinde, dass ich anfing, zu knabbern.

Endlich kamen andere Vögel zu mir. Eine Meise und eine Amsel kamen ganz dicht heran. Als ich losplapperte, hauten sie ab. Ich flog ihnen nach, aber sie wollten nichts mit mir zu tun haben.

Also knabberte ich weiter. Essen konnte man das Zeug nicht. Es schmeckte bitter.

Mein Schnabel war schon ganz schmutzig. Nein, Hunger hatte ich noch nicht. Ich knabberte wohl nur wegen der Aufregung.

Plötzlich sah ich weit unter mir meine Eltern. Sie entdeckten mich sofort, als ich laut zwitscherte. Sie hatten mein Häuschen dabei.

Es war mir eigentlich angenehm, sie in meiner Nähe zu wissen, aber runter und ins Häuschen zurück wollte ich auch nicht.

Hier oben war es viel schöner.

Ich hüpfte nun von Ast zu Ast und knabberte alles an, was mir gefiel.

Mutter zeigte mir immer wieder mein Haus, aber ich wollte nicht. Ich flog wieder ein Stück. Aber nur so weit, dass ich sie noch sehen konnte.

Ein kleines niedliches Eichhörnchen hüpfte ganz dicht an mir vorbei. Es war alles unheimlich aufregend. Genau so, wie ich es mir immer gewünscht hatte. Der dünne Zweig, auf dem ich saß, der gefiel mir. Er war eine richtige Schaukel. Es ging auf und ab.

Nun sah ich, dass Vater versuchte, zu mir raufzuklettern. Der Stamm war zu dick. Er schaffte es nicht und ging davon.

Mutter bettelte wieder zu mir herauf: »Kommen, Muhske, Kommen, in dein Häuschen.«

Obwohl ich langsam Hunger bekam, blieb ich lieber auf meiner Schaukel.

Nun kam Vater wieder zurück mit einer kleinen Leiter.

Sie reichte gerade bis an den ersten Ast der Eiche. Das genügte, um raufzukommen. Ganz langsam und vorsichtig kletterte Vater von Ast zu Ast. Nun war er auf gleicher Höhe mit mir. Nur ich war noch fünf Meter weit entfernt auf meiner Zweigschaukel.

Papa umklammerte mit einem Arm den Stamm und den anderen streckte er mir entgegen. Ich sollte auf seine Hand fliegen, so wie ich es zu Hause auch immer tat. Ich fand aber das Schaukeln viel schöner und blieb einfach sitzen. Nun hatte Vater den Einfall, der mich überlistete. Er rüttelte an dem Ast, sodass meine Schaukel in Schwung kam.

Wenn ich in Gefahr war, das wusste er, flog ich zu ihm. So auch jetzt. Ich saß auf seinem Finger. Greifen konnte er mich ja nicht, weil er die andere Hand nicht frei hatte. Er fing an, mit mir zu schmusen und Küsschen zu geben.

Dabei machte ich meistens meine Äuglein zu. Plötzlich machte Papa den Mund auf und schwupps! war mein Köpfchen zwischen seinen Lippen. Ich war gefangen. So konnte er mich greifen. Er machte den Mund wieder auf und ich sah in sein lachendes Gesicht. Hatte er mich doch überrumpelt.

Nur mein Kopf schaute aus seiner Hand. Sie hatte mich fest im Griff. Ich konnte nicht mehr entkommen. Ganz vorsichtig und mich schützend in der Hand haltend, gelangte Vater auf den Waldboden, wo Mutter mit meinem Häuschen schon sehnsüchtig wartete.

Sie war überglücklich.

Ruck zuck war ich wieder gefangen. Ich schnatterte, was mein Schnabel hergab. Alles Zetern nützte nichts. Mein größtes Abenteuer war zu Ende.

Im Hause angekommen blieb ich erst mal eingesperrt. Ich hatte auch gar keine Lust mehr, rauszukommen. Habe ordentlich gefuttert und bin dann neben meinem Spiegel eingeschlafen.

Liebe Kinder, vielleicht denkt ihr nun, schade, dass der Vater mich wieder eingefangen hat.

So schön das Abenteuer auch für mich war, wir Hausvögel überlegen und wissen gar nicht, welche Gefahren in der freien Natur auf uns lauern.

Erst kommt der Hunger. Es gibt ja kein Futter draußen wie im Haus. Dann nachts die Kälte womöglich. Die größten Gefahren im Wald sind die Raubvögel und Katzen.

Wenn wir nass werden, können wir nicht mehr fliegen und müssen dann am Boden bleiben. Ich hätte meinen Ausflug bestimmt nicht überlebt, wenn Papa mich nicht überlistet hätte. Also, passt schön auf Eure kleinen Freunde auf, dass sie nicht wegfliegen. Es ist sehr schwer, sie wieder einzufangen.

Das Leben ging nun wie gewohnt weiter. Jeden Tag gab's irgendetwas zu erleben.

Zum Beispiel der Badetag. Das war immer lustig.

Wenn Mutter mein Häuschen gründlich sauber machte, brauste sie es hinterher in der Badewanne noch mal ab.

Ich habe dann immer die Wassertropfen vom Gitter gepickt und geschleckt.

Dann wurde ich abgebraust. Aber nicht mit der Duschbrause, sondern mit dem Wassersprüher für Pflanzen. Da hat Mutter immer warmes Wasser reingetan. Danach habe ich Federpflege gemacht. Eine nach der anderen Feder habe ich durch meinen Schnabel glatt gezogen.

Ein Glück, bei manchen Eltern werden den Sittichen die Krallen von Zeit zu Zeit geschnitten; bei mir nicht. In der freien Natur ist auch niemand, der uns die Krallen schneiden muss. Wenn sie zu lang sind, beiß ich die Spitzen selbst ab.

Nur wenn sie schief wachsen oder der Schnabel nicht gut ist, dann müssen sie vom Doktor gerichtet werden.

Ja, liebe Kinder, diesen Sommer werde ich wohl nie vergessen. Aber nun stand schon wieder der Winter vor der Tür.

Die Winterzeit fiel mir besonders schwer. In der Wohnung war das Leben dieses Mal ganz anders.

Mir fehlte mein kleiner Freund Charly.

Ich habe viel im Häuschen gesessen und geschlafen. Immer öfter bin ich auf Mutters Schulter geflogen, um mit ihr zu schmusen.

Wenn meine Eltern mal außer Haus waren, war ich besonders einsam und traurig.

Aber ich kannte es ja schon aus vergangenen Jahren.

Mein Trost war immer, nach dem Winter gibt es wieder einen Frühling mit Auto fahren und Ferienhaus.

Alles Erlebte und die Freude auf das Kommende machten mich wieder glücklicher.

Diesen kommenden Sommer, liebe Kinder, durfte ich nicht mehr erleben. Ich musste meine lieben Eltern für immer verlassen. Sie konnten mich dieses Mal nicht wieder zurückholen.

Der Papa wird Euch die Geschichte zu Ende erzählen ...

So ist das, Kinder, unsere liebe Muhske ist für immer eingeschlafen. Sie wurde immer trauriger und müder.

Sicher hat sie nicht damit fertig werden können, dass ihr kleiner Freund nicht mehr da war. Sicher ist sie jetzt wieder mit Charly vereint.

Sieben schöne und glückliche Jahre haben wir miteinander verbracht. Wir sind sehr traurig und werden dich immer vermissen, kleine liebe Muhske.

Lebe wohl!